LE

JUGEMENT DERNIER.

Poëme en dix chants.

TOULON,

IMPRIMERIE D'AUREL FRÈRES,

Place Saint-Pierre.

—

1845.

LE

JUGEMENT DERNIER.

POÈME EN DIX CHANTS.

PROLOGUE.

Le poëte met en scène le principe et l'esprit des re-
ligions diverses qui ont relié les hommes. — Il en dé-
duit le sort de l'humanité. — Il croit à la prédestina-
tion de l'âme sur la terre ; il explique les Mythes grecs
et il finit par une glorification du symbole Chrétien.

Qu'est-ce une ame, un esprit ? sur ce divin mystère,
Descendra-t-il jamais un rayon de lumière !

L'athée a dit : l'esprit gouverne l'univers,
Avant lui, rien n'était ; l'air, la terre et les mers

Muets et froids, gisaient dans le néant du monde ;
De jeunesse et d'amour, c'est lui qui les inonde ;
Un atome l'attire, ils s'unissent, alors
La nature et ses lois organisent un corps.
C'est une voix de plus dans l'immense harmonie,
Un fragment du grand tout, plein du souffle de vie.
Tout change et rien ne meurt ; L'esprit jamais vaincu
Renait en d'autres corps l'instant qu'il a vécu.
La forme, la couleur, le poids et l'étendue
Accusent en tous lieux une force inconnue ;
Cette force, c'est Dieu, Jéhovah, l'Éternel,
Celui que le croyant adore dans le ciel.

Dieu n'a point révélé le mystère de l'ame,
Un ether invisible, une subtile flamme
Me disent-ils pourquoi dans ses pieux élans
La foi brûle mon cœur, pour s'épandre à mes sens ?
Ni du juste et du beau l'innéité réelle,
Ni d'un seul créateur la puissance immortelle,
Ni l'inflexible but du pur dogme chrétien ?
L'ame c'est tout cela.... niez l'ame, plus rien.

Un oracle d'en haut, c'est le barde prophète ;
Il marche pauvre et fort, nul doute ne l'arrête,
Eclairé par la foi, son lumineux flambeau,
Pour lui, la mort finit où commence un tombeau
Il peut rêver de l'ame et de sa destinée,
Des lieux qu'elle a chéris bien avant d'être née,

Et de sa mission, quand des célestes bords
Le maître l'exila pour habiter un corps.

Honorez les mortels d'une essence divine !
Vrais anges incarnés, princes sans origine,
Leur blason tel qu'il est, peut faire envie aux rois.
Un crâne Olympien, la prophétique voix,
Le geste d'inspiré, le feu dans la prunelle
Qui rayonne et captive une foule rebelle,
Une lyre.... voilà les traits mystérieux
Qui marquent sur son front le confident des dieux.

Aux champs de l'infini, tout peuplés de fantômes,
Le poëte par milliers a conquis des royaumes :
Il va les parcourir; son ame sans efforts,
Sylphe léger, surgit des étreintes du corps,
Tel l'aigle des Césars s'élançait dans la nue
Ainsi le barde,... Il fuit toute route battue,
Syrius, Mars, Vesta, mille astres gravitans,
Voilà les univers des lyriques Titans,
De ceux qui du tombeau niant la nuit profonde
Proclamèrent la mort la conquête d'un monde.
Quand ces esprits voués au seul culte du bien
Ont consumé leurs jours au mystique entretien,
Avec tout ce qui peuple et le temps et l'espace,
Au banquet des élus ils vont remplir leur place ;
Ils meurent en chantant, le concours solennel
Des mondes pondérés dans un ordre éternel,
De l'univers si beau la jeunesse infinie,
Et la mort qui sait tout et l'immortelle vie :

Le sceptique railleur dans le doute enlacé
Flétrit ce chant du cygne et le nomme insensé.

Insensé!... C'est le cri qu'une stupide race
Hurlait dans le cachôt où se tordait le Tasse.
Il est un peuple sourd aux chant des séraphins,
Dont l'infime raison touche à d'étroits confins,
Qu'importe à son bonheur une nature d'ange?
Le monde peut tourner, il dort, il boit, il mange;
Son champ est-il plus vert, si dans l'ombre du bois
Le fade rossignol l'assourdit de sa voix?
Laissez passer gros Jean, de partout on l'encense,
Il a des courtisans superbes d'insolence,
Quand lui prêchant l'émeute un sublime devoir,
Ils montent sur son dos à l'assaut du pouvoir.

Il est un peuple à part, libre ou mordant ses chaines,
Un sang vierge, pur sang, bouillonne dans ses veines;
De la force du poing, son brutal ornement,
Les puissants ont maudit le terrible argument,
Ses jeux sont des combats, il démolit un trône
Comme fait un enfant du hochet qu'on lui donne;
Puis armant ses deux mains, esclave révolté,
Il appelle son règne un temps de liberté.
Voilà le peuple grand et la souche féconde
D'où sortent les mortels, gloire ou fléau du monde;
S'il est une ame vierge, un bel ange des cieux,
Une lyre d'amour, un cygne harmonieux,
Si cette ame descend incarner la matière,
Elle cherche le peuple et se fait roturière.

Elle couve en silence un glorieux destin :
Tel le chêne élancé fut un arbuste nain;
Les purs esprits tombés de l'Olympe sur terre,
Sont tous empreints d'un sceau fatal ou salutaire;
S'ils prennent le timon d'un vaste empire en deuil,
Vaisseau désemparé que déchire l'écueil,
D'un prestige divin l'éclat les illumine,
Prophètes, c'est leur nom, et la foule s'incline,
Et si leur voix prédit l'avenir du présent,
Le destin qui sait tout, jamais ne les dément.

Dans ce nombre d'élus, il est un choix encore;
Esprits aëriens, la terre les ignore,
Ils vivent seuls, captifs dans les liens du corps
Et consument leurs jours en mystiques transports.
De l'ame et de la chair étonnant assemblage !
Où le cœur tout amour, est à Dieu sans partage,
Où l'eau du puits, un pain, et de l'air aux poumons,
Mais de cet air vital qui submerge les monts,
Vivant, dans un tombeau, gardent l'anachorète.
Qui pourrait envier sa paisible retraite,
Assise comme un nid au creux d'un vieux rocher?
Ou la vieille chapelle et son humble clocher?
Ou la couche de paille et la robe de bure,
Ou le fouet qui dompta sa virile nature ?

Vivent-ils comme moi ces mortels ici-bas
Qui fuyent nos plaisirs, nos larmes, nos combats ?

Sont-ils d'un autre argile, ou l'essence infinie
De Dieu, meut-elle en eux les ressorts de la vie ?
Sont-ils le vrai phénix, et sous des noms divers
Ont-ils prophétisé le sort de l'univers ?
Depuis que le jour fut, jusqu'à l'heure où nous sommes,
On les a vus pasteurs de vastes troupeaux d'hommes ;
Les peuples à leur voix se tenant par la main
De la terre promise ont suivi le chemin ;
Des humides forêts, des montagnes neigeuses,
La plaine a recueilli les tribus voyageuses,
Et l'homme, pauvre et nud qui leur dictait sa loi
Avait pour tout pouvoir, un don du ciel, la foi :
Nom magique, la foi ! mais c'est un don suprême !
Rien n'est beau, nul n'est grand, sans la foi de lui-même.
Apôtres du seigneur, vous l'avait-il donné
Ce talisman, ou bien avec vous est-il né?
Sur ton berceau flottant, parle-moi, vieux Moïse,
Savais-tu le chemin de la terre promise?
Lorsqu'au buisson ardent ton front s'illumina,
Dieu t'apparaissait-il au sommet du Sina ?

Ce qui fait un matin qu'en s'éveillant poëte,
Tout chante autour de nous et prend un air de fête,
Ce qui transporte en rêve un bel adolescent
Et charme les longs soirs du vieillard languissant,
C'est la foi dans un monde au desssus des étoiles,
Fantastiques edens couverts de triples voiles
Que les aînés du Christ ont chantés ; grands mortels
A qui depuis Adam on vote des autels.

Monarques absolus du monde des idées,
Les temps gardent le nom de tous les Prométhées
Qu'ils aient reçu le jour dans l'Inde ou dans Juda ;
Depuis quatre mille ans les échos de l'Ida
Repètent d'un grand nom l'antiquité profonde ;
Ce nom qui fut longtemps le phare du vieux monde,
Des ruines du passé s'élève encor debout,
Et ses vastes clartés rayonnent jusqu'à nous.

Ne blasphémons jamais la Grèce, cette ainée
De toute nation grande et prédestinée
A répéter les chants de mystère et d'amour ,
Des anges condamnés à la clarté du jour ;
Ce qu'Homère a béni de sa sainte parole,
Devons-nous le flétrir comme athée ou frivole ?
Si l'homme s'est lassé d'un Olympe trop vieux ?
Eschyle est-il moins grand en parlant de ses Dieux
Tous palpitants encor sous leurs manteaux de pierre,
Que Sophocle priait le front dans la poussière.

Oui ces Dieux ont vécu ; soumis aux coups du sort,
L'Olimpe dans l'espace a pris un autre essor :
La voix de Jupiter ne se fait plus entendre,
De ses autels brisés nos mains pèsent la cendre ;
Pas une lyre d'or sur des rithmes nouveaux
Ne nous parle d'Hercule et des douzes travaux ;
Les maitres décrépits de l'antique empyrée,
Ont enfin accompli le temps de leur durée ;

Mais peut-être on'les prie encore à deux genoux
Dans l'un des univers constellé loin de nous.

Un Mythe parle-t-il sinon par hyperbole ?
Le coloris des mots change-t-il le symbole ?
Jupiter, Jéhovah, fable ou dogmes sacrés,
Ouvrent le même ciel aux bardes inspirés :
Socrate, illuminé d'une seconde vue,
Proclame un seul auteur en buvant la cigüe :
En bibliques accents s'il n'en a point parlé,
Le pouvait-il, si Dieu non encor révélé
Gardait pour l'avenir le verbe, son essence ?
Mais qui n'a point sucé son antique croyance ?
Mars, Pallas et Vénus, force, vertu, beauté,
Sont encor les faux Dieux de notre humanité,
Et si la foi du Christ en nous languit et cesse,
Nous sommes plus payens qu'un enfant de la Grèce.

O Christ, je suis de ceux qui bégayaient ton nom
Quand ma mère à ses bras portait son nourrisson,
Christ au monde promis par les sacrés oracles,
Qui bruissaient le soir au fond des tabernacles,
Qui nommais Dieu ton père et nous prouvas ton sang
Par tout ce que l'amour peut enfanter de grand,
Roi des rois, tu disais au pâtre obscur, mon frère,
Dieu, tu nous fis aimer l'égalité sur terre :
Tu pris le jour d'un sein vierge et mère à la fois,
La femme, cet anneau qui nous relie à toi,

Devint par son amour sous le nom de Marie,
Entre l'homme et son Dieu la patronne et l'amie.

Le Christ promit la vie au delà du tombeau,
Et des peuples chrétiens législateur nouveau,
De deux seules vertus il prêcha l'observance ,
C'est l'expiation et l'oubli de l'offense.
Et Lorsque sur la croix le Rédempteur monta ;
Que le sang de David eût teint le Golgotha,
Quand tout fut consommé, sa suprême parole
Pardonne à ses bourreaux et son ame s'envole.

A cette mort du Christ, un affreux tremblement
Ebranla le vieux monde et fit croire au néant ;
Le soleil se couvrit du voile des ténèbres,
Les forêts dans les airs hurlaient des cris funèbres
Et par les cieux obscurs, des bruits sourds et confus,
Sonnèrent le départ des Dieux qui n'étaient plus.
Tout l'univers s'émut à cette mort du monde,
Et quand trois jours après, en s'élançant de l'onde
Le soleil empourpra l'azur du firmament,
Au sépulchre du Christ on fouilla vainement ;
Sa mort comme mortel n'eut été qu'un spectacle
Sa résurrection la scellait d'un miracle.

Nazareth et Cana, Béthanie et Sion,
Lieux sacrés et maudits comme une autre Ilion,

Dans vos champs parsemés de pieuses reliques,
On voit errer encor les ombres prophétiques :
Je les entend gémir dans l'épaisseur des bois;
Du psalmiste royal la lamentable voix
Prédit trois fois malheur à Sion désolée ;
A Rama, c'est toujours Rachel inconsolée.
Partout Juda sanglotte et ses pieux remords,
Pleurent comme la mer sur les grêves du bord.

Sainte Jérusalem, ma reine détrônée,
Malgré nos ennemis à qui tu t'es donnée,
Malgré le sang du Christ sur ton front affaissé,
Que cent siècles encor n'auront point effacé ;
Malgré l'air de Caïn, que ta race féconde,·
Traîne comme un boulet aux limites du monde,
Tu parais belle à tous, mais belle de l'amour
Que pour sa Béatrix, Dante garda toujours.

Le pélerin cinglant vers l'antique Judée,
Ses vingt ans dans le cœur et la tête accoudée ,
Promène sur les flots des regards longs et doux ;
Une voix fend les airs... La terre est devant nous !
A cette voix d'en haut, comme à celle d'un ange
Son cœur bat : sur le pont l'équipage se range,
L'ancre a mordu, l'esquif est déjà loin du bord ;
Pilotes des lieux saints, montrez-lui le Thabor !
Et les cèdres Titans qui surplombent la nue !...
Peut-il rassasier ou son cœur, ou sa vue?

Il plonge avec amour dans l'antique manoir,
Au foyer paternel, lorsqu'aux heures du soir,
Rêvant au peuple juif, cet amour du jeune âge,
Il venait de la bible épeler une page.

Jeune, si l'on savait ce qu'on sème de biens
Lorsqu'on ouvre son ame aux pieux entretiens.
Il est beau de courir les champs de la Troade,
D'évoquer ses grands noms en chantant l'Iliade,
D'être Grec en foulant le sol de Marathon,
Au cap de Colonna, de réveiller Platon,
Mais pour le cœur nourri de sainte poésie,
Rien n'égale les lieux tout remplis du Messie.
Ces lieux sont consacrés, oh! ne profanons pas
Les cendres d'Israël, que soulèvent nos pas.
Qui ne s'inclinerait devant cette puissance ?
Le Turc et le chrétien cenfondent leur croyance,
Lorsqu'au tombeau du Christ, tous deux s'humiliant,
Dieu seul peut distinguer son véritable enfant !
C'est qu'ici notre foi n'est pas même un mystère,
La sainte Thébaïde est un grand sanctuaire,
Le Calvaire, l'Ebron, le Cèdron desséché
Gardent toujours l'empreinte où Jésus a passé.

Et si, n'accourant pas comme aux jeux d'une fête,
L'étranger à Sion est saint, jeune et poëte ;
S'il est de ces fièvreux qui couvent dans leur corps
Le ferment embrasé des mystiques transports,

Si jeune et souffreteux, dans son bruyant collége,
Il lisait, immobile et pensif sur un siége ;
Si son front pâle et beau, si son œil languissant,
S'attristaient aux récits de révolte et de sang,
S'il rendait à la bible un poétique hommage,
Et de Jérusalem, s'il rêvait le voyage,
Ah ! dites-moi, le jour qu'il aborde en ces lieux,
Sera-t-il plus ravi de la splendeur des cieux ?

Hubert LAUVERGNE.

www.ingramcontent.com/pod-product-compliance
Lightning Source LLC
LaVergne TN
LVHW011927170726
843501LV00011BA/4265